TÄNKBARA VÄRLDAR

Minnet av Oden
av Jason R. Forbus

Redaktionschef: Jason R. Forbus
Grafisk design och layout: Sara Calmosi

Illustration inuti boken: *Oden sittandes på tronen och håller sitt spjut Gungner, flankerad av hans korpar Hugin och Munin och vargarna Gere och Freke*, 1882, Carl Emil Doepler

ISBN 979-12-5633-024-9

Ventus Press
Ali Ribelli Edizioni Group
www.aliribelli.com
redazione@aliribelli.com
Gaeta, Italy

Ventus Press, operating under the Ali Ribelli Edizioni group (Rebel Wings Publishing), is distributed worldwide through IngramSpark.

Minnet av Oden

av Jason R. Forbus

VENTUS

Gudar, hjältar och jättar
En kort essä om nordisk mytologi

Nordisk mytologi framkallar bilder av stormiga hav, snöiga landskap, förtrollade skogar och bloddränkta slagfält. Dess berättelser talar om stolta och modiga krigare, drakar, troll, dvärgar och jättar. Fascinationen av Oden och Tor har haft stor inspiration för fantasygenren – tänk bara på "Sagan om Ringen" av J.R.R. Tolkien och moderna rollspel.

Men hur började allt?

Allt startade från *Ginnungagap* (det trolldomsladdade gapet), den kosmiska avgrunden som fanns innan skapelsen.

Vid en tidpunkt skedde två samtidiga, dubbla och parallella Big Bangs, vid Ginnungagapets respektive ändar, där bildades två existensformer: i norr, den frusna *Nifelheim* och i söder den outhärdligt heta *Muspelheim*. Sedan från mitten av Nifelheim sprang 11 floder fram, *Elivågor*.

Dessa floder kom så långt ifrån deras källa att de frös till och bildade lager av frost och is som täckte hela Ginnungagap. Men Muspelheims varma vindar smälte isen och från de droppar som följde, skapades kosmos första väsen:

Ymer, fadern till rimtursarna (frostjättar) och Ödhumla, den kosmiska kon, vars mjölk gjorde att spädbarnet Ymer växte upp till en stark och rejäl gudom.

> I åldrarnas morgon, då Ymer levde,
> var ej sand, ej sjö, ej svala vågor;
> jorden fanns icke, ej upptill himlen;
> ett gapande svalg fanns, men gräs fanns ingenstädes.

Ur den Poetiska Eddan *Valans spådom* (*Völuspá*), tredje versen

Ymer var en klok, men ond varelse, precis som alla hans efterkommande skulle komma att vara. När han stirrade in i den stora, eviga, tomma rymden runt omkring sig, så beslutade han sig för att inte slösa sina energier och valde istället att ta en lång tupplur. Han kröp ihop för att sova för natten och snart började han att svettas ymnigt. Varje droppe av hans svett blev till en jätte, och på så vis blev den krigande rasen till. Men hans medfödda gåva att skapa liv stannade inte där: under hans vänstra arm föddes en man och en kvinna, medan från hans ben föddes en son med sex huvuden som fick det svåruttalade namnet *Thrudgelmir*.

Medan Ymer sov, var den kosmiska kon i full sysselsättning. Du må förstå, att på den här tiden var det brist på mat, så det elaka djuret var tvungen att slicka salt från krossade isiga stenar. När hon slickade, från den allra första dagen, tills på kvällen, slickade hon fram en människas hår.

Nästa dag syntes hela huvudet, och på tredje dagen hela personen. Mannen kallades *Bure* ("tillverkaren"), som fick en son som var identisk med Bure själv och som kallades *Bor* ("den födda" – tydligen var det inte bara maten som det var brist på vid den här tiden).

Bor gifte sig med *Bestla* (barnbarn till rimtursen *Böltorn*, som var en vedervärdig svärfar!) och han fick tre barn tillsammans med henne. Den första namngavs *Oden*, den andra *Vile* och den tredje *Ve*.

En dag, precis som det hade hänt med *Kronos* och hans barn, olympierna, bestämde sig de tre gudarna att döda Ymer och att dränka alla jättarna som hade skapats i hans blod. De enda överlevande var *Bergelmer*, son till den sexlediga *Trudgelmer* och hans brud. Det är genom dem som rimtursarnas släkte kunde leva vidare.

Efter den makabra handlingen, och inför besväret att reda ut vad de skulle göra med Ymers enorma lik, bestämde sig Oden och hans bröder att använda det för att skapa *Midgård*, vars namn vi finner även i Tolkiens sagor, precis i mitten av Ginnungagap. Ymers ögonbryn blev själva planeten, ett slags skydd mot jättarnas raseri. Därutöver, blev Ymers kött till jord, hans blod blev till sjöar och floder, hans ben blev till berg, hans tänder och resterna av hans ben blev till stenar, och från hans hår växte träden fram.

Hur dvärgarna kom till var ingen vacker syn kan du tro: våra skäggiga vänner härstammar från larverna ur Ymers lik! (Usch!) Inte helt tillfredsställda med deras konstverk, placerade gudarna Ymers skalle ovanför Ginnungagapet och därigenom skapade de himlavalvet, som stöddes upp av fyra dvärgar (förhoppningsvis får de också lite vila titt som tätt). Deras namn var: *Nordre, Sudre, Austre* och *Vestre*, och bara så du vet är de fyra väderstrecken uppkallade efter dem.

Oden placerade då en av Bergelmers söner, hamnskiftaren (förmåga att ändra sin kroppsform) *Räsvälg*, vid jordens ände. Jätten förvandlades till en jätteörn, och började kraftigt klappa vingarna och på så sätt skapades den vind som genomkorsar världen i alla riktningar.

När benen hade tagits omhand fortsatte gudarna och drog ut hjärnan på den stackars Ymer och delade upp den i flera bitar, dessa slängde de upp i luften likt konfetti och som därpå förvandlades till uppsvällda moln (tänk på det nästa gång du ligger i gräset och tittar upp och förundras över molnen på himlen).

Slutligen så samlade de gnistorna från Muspellheim och spred dem ut över Ginnungagap, vilket skapade ljuset och stjärnorna.

Nordisk kosmologi består av nio världar (*Nío Heimar* på fornnordiska). Med undantag för *Midgård*, som ungefär motsvarar Skandinavien, kan de återstående åtta världarna delas in i motparter: den ovannämnda Muspellheim och *Nifelheim*, eld och värme mot is och kallt; *Godheim* och *Helheim*, som kan tolkas som himmel respektive helvete; *Vanaheim* och *Jotunheim*, skapande respektive förstörelse; *Alfheim* och *Svartalfaheim*, ljus respektive mörker. Alla dessa

världar är kopplade till varandra genom världens träd,
Yggdrasil.

> En ask vet jag stånda,
> den Yggdrasil heter,
> ett väldigt träd, överöst
> av vita sanden.
> Därifrån kommer daggen,
> som i dalarne faller,
> den står evigt grön
> över Urdarbrunnen.

Ur den Poetiska Eddan *Valans spådom*
(*Völuspâ*), nittonde versen

Enligt den mest accepterade tolkningen av myterna, skulle
Yggdrasils grenar sträcka sig långt upp i himlen, medan trädet
skulle stödjas av tre rötter som sträcker sig långt borta till
andra platser; en till brunnen *Urdarbrunnen* (ödes källan) i
himlen, en till brunnen *Vergelmer* och en annan till *Mimers brunn.*
Betydelsen av *Yggdrasil* i nordisk kosmologi framhävs
ytterligare i den Poetiska Eddan *Valans spådom*:

> nio världar jag minns,
> och vad som var i de nio,
> måttgivande trädet
> under mullen djupt.

Men hur är det egentligen med gudarna och de övernaturliga varelserna inom den nordiska mytologin? Gudarna är uppdelade i två klasser: *asar* och *vaner*, den senare är den mindre kända klassen och på något sätt underordnade den tidigare. Skillnaden dem emellan är emellertid inte så tydlig: i ett avlägsna förflutet mötte de två släktena varandra i krig, men senare kom de överens om fred, utbytte gisslan, och till och med ingick äktenskapet med varandra. Dessutom för vissa gudar, är släkttillhörigheten inte så klar.

En sak som asarna och vanerna har gemensamt är deras allmänna hat för *jättarna* (*jotnar* på fornnordiska). Jättarna är en mix mellan gudar och andra väsen, som dvärgar och älvor. Dessa har ingen enhetlig beskrivning och flera olika begrepp nämns, däribland troll. Trollen kan vara fula och dumma, eller se ut och uppträda exakt som människor, utan några utmärkande förvridna drag.

Generellt sett är jättarna inte nödvändigtvis särskilt stora och deras egenskaper sträcker sig allt från enorm skönhet till förfärligt motbjudande. Det bör också noteras att både asar och vaner kan gå ihop med jättar för att skaffa barn, när de senare inte är monster. Faktum är att vissa gudar som *Skade* och *Gerd* beskrivs som jättar, och olika kända gudar, som Oden, är avkomling till jättarna.

När det gäller jättarna presenteras här också två generella klasser: rimtursar, "frostjättar" och eldtursar, "eldjättar", även kallade "Muspels söner". Oavsett dina föreställningar, här presenteras jättarna baserade på det element de är förknippade med, och bör därför inte förväxlas med ett troll. Faktum är att jättarna tenderar att leva i klaner och spela en aktiv roll i nordisk mytologi, särskilt när det gäller deras interaktion med gudar och människor, medan trollen tenderar att leva i isolation och undviker lägga sig i människornas och gudarnas angelägenheter.

Andra välkända övernaturliga varelser är *Fenrisulven* och *Midgårdsormen*, den stora ormen som omger hela världen kring Midgård. Båda är avkommor från den sluge guden *Loke,* som han fick tillsammans med en jättinna. Andra varelser som ofta nämns är *Hugin* och *Munin*, respektive "tanke" och "minne", de två korparna som håller Oden informerad om allt som händer i de nio världarna. *Sleipner,* Odens åttabenta häst, är också en son till Loke (Lokes förmåga att ljuga gör honom till en riktig *Casanova*).

Ratatosk är den irriterande och det kan säkert påstås, galne ekorre som far upp och ner längs Yggdrasil, världens träd, för att leverera förolämpningar mellan, en oidentifierad örn i trädets topp, och draken *Nidhögg* i botten av trädet:

> Derom är mycket att säga. I askens grenar sitter en Örn: han är mycket vis och emellan hans ögon sitter en hök, som heter *Väderfölner.* En ekorn, som heter Ratatosk springer upp och ned längs efter asken och söker, att stifta split mellan Örnen och Nidhögg.
>
> Prosa från Snorres Edda, *Gylfaginning*

Och dikten ur den Poetiska Eddan *Sången om Grimner*:

Ratatosk heter ekorren,
som ränna skall
på Yggdrasils ask;
örnens ord
skall han uppifrån bära
och säga dem för Nidhögg där nere.

Enligt de källor som är tillgängliga lever alltså tre varelser högst upp i Yggdrasils topp: en oidentifierad jätte som har tagit form av en örn, mellan hans ögon sitter en hök, *Väderfölner*, och till sist tuppen *Gullinkambe*. Den mest troliga teorin varför höken sägs bo mellan ögonen på örnen är att den är en symbol för visdom, och som är fallet med Odens korpar, har de alla förmåga att samla kunskap från världen utan att behöva flyga över Midgårds himmel. Enligt myten kommer det att vara Gullinkambe som kommer att tillkännage början av *Ragnarök* (gudarnas sista strid).

Av de varelser som bor i Yggdrasil, som är viktigt att nämna är draken Nidhögg, ett förskräckligt monster, vars fjäll är fylld med rester från de osaliga krigare som prövat sin lycka mot honom. Drakens favorithobby är att ständigt gnaga på rötterna från världsträdet, en obeveklig handling som så småningom kommer att leda till dess katastrofala fall. Som beskrivs i dikten *Valans Spådom* 38-39:

En sal såg hon stånda
från solen fjärran
på Nastranden;
åt norr vetter dörren.
Etterdroppar föllo
in genom rökhålet,
av ormars ryggar
är rummet flätat.

Där såg hon i strida
strömmar vada
menediga män
och för mord fredlösa
och den, en annans hustru
hemligt lockar.
Där sög Nidhögg
de dödas kroppar,
vidundret slet männen.
Veten I än mer och vad?

Det olyckliga trädet måste också uthärda hungern från de fyra hjortarna, *Dain, Dvalin, Duneyr* och *Duratror* (Döding, Den djupt sovande, Dunöra och Slummer), som oförsiktigt betar på dess lövverk.

Låt oss nu lämna Yggdrasil och dess inneboende och ta en mer allmän titt på nordisk mytologi.

Nordisk mytologi har en nära gemenskap med andra

polyteistisk religioner, och typisk för en sådan visar den på en svag motsättning mellan gott och ont, vilket annars är mycket mer distinkt för monoteistiska traditioner. Loke till exempel, kungen av kaos, hjälper vid många tillfällen sina gudavänner genom sin list och många andra förolämpar han istället och gör sorgsna. Jättar är inte heller alltid onda men ofta oförskämda, klumpiga och ociviliserade. Motsättningarna här ligger tydligare mellan principerna för ordning och kaos, evigt strider det mot varandra och den balansen i kosmos böljar än åt ena, än åt andra hållet.

Ragnarök är den sista delen av det kaos som beskrivits innan, som med sin kraft slår ner över alla nio världarna och bringar ett slut på en epok, vilket är det sista vad vi känner till från det fornnordiska sättet att förstå universum. De fornnordiska källorna som beskriver Ragnarök, är fragmentariska, förvirrande, motsägelsefulla, fyllda med kryptiska referenser och är ofta svårtydda med deras fåordighet.

Enligt de texter som har överlevt till vår dag, kommer Ragnarök att föregås av *Fimbulvintern*, en fruktansvärd vinter pågående under tre år, kanske en förklaring av istiden? Precis som syndafloden, som berättas i många religiösa traditioner, kan Fimbulvintern också ha sitt ursprung i en sann händelse eller period. Under alla omständigheter, efter den här treåriga vintern, kommer alla sociala band och familjeband att brytas ner i en ostoppbar ond cirkel av våld.

Då kommer solen och månen att försvinna: *Sköll* och *Hate*, vargarna som förföljt de två himlakropparna sedan urminnes tider, kommer till sist att sluka dem, och därigenom beröva världen allt sitt naturligt ljus. Även stjärnorna kommer att slockna, som en lykta i vinden.

Djupt ned från underjorden kommer Nidhögg att beta av världsträdets sista rot, vilket får Yggdrasill att skälva och i det tumult som följer kommer alla gränser som skiljer de nio världarna åt att upplösas. Detta kommer att orsaka jordbävningar, översvämningar, och naturkatastrofer av enorm proportioner.

Det är då kaosets varelser kommer att påbörja sitt angrepp: Fenrisulven kommer att befrias från sina kedjor, medan Midgårdsormen kommer att komma upp från havets djup. Det djävulska skeppet *Nagelfar* kommer att sätta sitt slitna segel och ta med sig "Gudarna av kaos" från Muspelheim till strid, och vid rodret kommer jätten *Rym* att stå.

Muspels söner, de mystiska eldtursarna eller eldjättarna kommer inte att hålla sig undan, utan i deras eldiga ursinne kommer de att åka på *Bifrost*, den brinnande regnbågen som sträcker sig mellan *Midgård* och *Asgård* (gudarnas rike), vilket kommer få den att kollapsa. Vid den här tiden kommer *Heimdall*, den vita skyddsguden, att blåsa i sitt horn, *Gjallarhornet*, för att kalla på gudarna och krigarna i *Valhall* inför den sista striden mellan ordning och kaos.

I den sista stora slutstriden kommer varje gud att konfrontera sin nemesis, i en ömsesidig förintelse. Fenrisulven kommer att sluka Oden, i sin tur kommer Odens son Vidar få sin hämnd:

[…]
från hästens rygg, lysten
att hämna sin fader,
där sonen sig vara säger.

Sången om Grimner, vers 17

Den senare och relativt obekanta gudomen refereras till i den nordiska mytologin som, "den tysta guden"; han är förmodligen nästan lika stark som guden *Tor*, och andra gudar förlitar sig på honom i de svåraste stunder.

Popkulturens favoriter *Tor* och *Midgårdsormen* går i strid med varandra, och samma öde kommer att falla *Tyr* och den djävulska hunden *Garm* (*Kerberos*, i engelska myter *Hellhounds*, Kataloniens *Dip*, etc. – i gamla myter blir människans bästa vän ofta deras värsta fiende) och Heimdall och Loke.

Slutligen kommer den kraftige *Surt* ("svart" eller "den svarte") att hugga ner den stora guden *Frej*, som associeras med heligt kungadöme, manlighet och välstånd. Därefter kommer han sedan sätta världen i brand med sitt flammande svärd.

Därför börjar den nordiska mytologins *Armageddon* ("det sista slaget") med is – den tre år långa Fimbulvintern – men slutar i eld.

Ur askan, som ett uppvaknande efter en syndaflod, kommer världen att stiga upp återigen. Odens söner, *Vidar* och *Vale* och Tors söner, *Mode* och *Magne* kommer att ärva fädernas krafter. *Balder*, hoppets gud och hans bror *Höder* kommer att återvända från *Hel*, dödens rike. De kommer finna i gräset av de nya ängarna, de schackpjäser som de besegrade gudarna en gång hade spelat med (det här är troligen ett tillägg från medeltiden till den ursprungliga myten).

Och hur är det med oss människor?

Människorna kommer att få en nystart genom ett nytt par, ljushåriga 'Adam och Eva', respektive *Liv* och *Livtrasir*, som kommer att överleva *Ragnarök* genom att gömma sig i *Hoddmimers* skog.

Världens återfödelse överskuggas dock av Nidhögg, flygandes högt upp i himlen (som vanligt är det svårt att göra sig av med det värsta rötägget).

Det som är mest iögonfallande i nordisk mytologi är just detta om "gudarnas öde", som fascinerar genom sin förutsägbarhet och för modet vi ser från dess huvudpersoner, även då döden nalkas. Med samma princip, tillsammans med rikliga mängder öl och mjöd, for de ökända *bärsärkarna* fram i strid mot en trolig död eller lemlästning, i en inte alltför svunnen tid och därigenom fick en direktbiljett till det eftertraktade *Valhall*, "de stupade krigarnas hall":

"Vad är det för någon dröm", sade *Oden*,
vaknade upp precis innan gryningen,
Jag trodde jag hade rensat rent *Valhall*,
från alla döda krigare?
Jag väckte *Einhärjar*,

bad *valkyriorna* att stiga upp,
att skura bänkarna,
och göra rent bägarna,
göra iordning vin,
som för en kungs ankomst,
här förväntar jag mig
hjältar från världen,
speciella mäktiga män,
så glad jag är i mitt hjärta.

Kapitel 8 ur *Fagrskinna*

Bibliografi

Bellows, Henry A. (1936) översättning. *The Poetic Edda.* Princeton University Press

Byock, Jesse (Övers.) (2006). *The Prose Edda.* Penguin Classics.

Faulkes, Anthony (Övers.) (1995). *Edda.* Everyman.

Finlay, Alison (2004). *Fagrskinna, a Catalogue of the Kings of Norway: A Translation with Introduction and Notes.* Brill Publishers.

Hollander, M. Lee (Övers.) (2007). *Heimskringla: History of the Kings of Norway.* University of Texas Press.

Larrington, Carolyne (Övers.) (1999). *The Poetic Edda.* Oxford World's Classics.

Orchard, Andy (1997). *Dictionary of Norse Myth and Legend.* Cassell.

Orel, Vladimir (2003). *A Handbook of Germanic Etymology.* Brill.

Simek, Rudolf (2007) översatt av Angela Hall. *Dictionary of Northern Mythology.* D.S. Brewer

Viktor Rydberg (1886). *Gods and Goddesses of the Northland,* The Norrœna Society

Watkins, Calvert (2000). *The American Heritage Dictionary of Indo-European Roots.* Houghton Mifflin Company.

GESTUMBLINDE sporde:

Vem är den store,
som stryker över jord?
Han sväljer vatten och ved,
storm han fruktar,
men folk icke,
med solen han städse strider?
Tänk på gåtan,
den tyd, kung Hedrek!

HEDREK svarade:

God den är din gåta, Gestumblinde,
men gissad den är:
Det är tjockan; för den ser man icke sjön och skogen, men
den försvinner, när vinden kommer, och människorna
förmå intet emot den; den förgör solens sken.

Från 'Hervars och Hedreks saga', *Heithreksgátur*

Minnet av Oden

Så här beskrivs det i den Poetiska Eddan *Sången om Grimner,* vers 20:

> "Huginn ok Munin
> fljúga hverjan dag
> Jörmungrund yfir;
> óumc ek of Hugin
> at hann aftr né comiþ,
> þó siámc meir um Munin."

> "Hugin och Munin
> var morgon flyga
> ut över världen vida;
> jag ängslas för Hugin,
> att ej åter han kommer,
> dock bekymras jag mera för
> Munin."

Det var gryning en kall morgon i Midgård. De höga bergen, den djupa fjorden och de enorma skogarna, allt höljdes i dimma och begravdes i snö, i djup slummer på bekostnad av det bländande vita skenet. Ingen människa eller djur kunde ses. Ingen, det vill säga, förutom en liten svart prick som utmanade den kyliga himlen, en korp som flög mellan stormfyllda moln och höga berg.

Korpens vingar hade domnat av från kyla och trötthet, trots det flög han envist mot den tjutande vinden och ropade mitt bland bergens steniga väggar: "Munin! Munin!", men hans rop gick obemärkt förbi. Skriket förlorade kraft likt ett eko i en grotta.

Korpen flög i timmar utan paus och höll sig stadigt uppe tills hans styrka övergav honom. Sedan, allt eftersom den gråa dagen blev mörkare, sökte han skydd. Trots att snö-flingorna yrde ivrigt omkring honom, kunde han se en öppning i berget var han med nöd och näppe kunde flyga in. Det var en mörk och ogästvänlig plats, en isgrotta där ingen tidigare hade satt sin fot. Korpen fann en så bra viloplats han kunde, kurade ihop sig i ett försök att hålla kvar den lilla kroppsvärmen som fortfarande fanns kvar i hans sköra kropp.

"Jag får inte stänga mina ögon" sa han för sig själv "annars kommer jag frysa till is och bli kvar i grottan till min sista dag". Han kunde inte låta bli att tänka på att Munin kanske gick samma hemska öde till mötes. Kanske hade hans vän, slagen av hunger och trötthet, slutligen sökt sin tillflykt i en grotta och väl där hittat den bitterljuva trösten i döden.

Hugin försökte skingra dessa grymma tankar genom att bruka sitt logiska tänkande: "Om detta är vad som var menat att hända, då skulle Han ha känt till det". Men skulle han verkligen det? Sedan Munins försvinnande hade deras Herre förändrats: han verkade kännas äldre än hans sanna ålder, trött och utmattad likt ett berg som burit upp världen genom alla tider på sin steniga rygg, och var slutligen på väg att kollapsa. Deras Herre hade börjat glömma saker som han inte borde kunna glömma. Kanske Munin verkligen hade dött, ensam och desperat, i en mörk grotta i bergen...

"Jag får inte stänga mina ögon, jag får inte..." men hans trötthet var för stor att uthärda och med sorg vägandes tungt i sitt hjärta, stängde korpen ögonen, till sist besegrad och omfamnad av oförsonlig glömska.

***

Trots att han var stor och nästan lika hög som grottan, gjorde han knappast ifrån sig något ljud när han smygande avancerade på isgolvet, ett steg i taget. Den brusande vinden utanför dolde allt buller, och snart var hans stora håriga händer i färd med att gripa den intet ont anande fågeln. Han tog korpen så försiktigt som möjligt, men för den stackars lilla Hugin var greppet så smärtsamt och grymt. Det kändes som ett dödsgrepp.

Yrvaken och halvt i chock, trodde korpen att en stor isbit hade fallit från taket och slagit ned alldeles intill honom. Först senare, med huvudet stickande ut ur hans förövares knutna näve, insåg han att han hade fallit offer för en rimturs.

"Jag har dig," ropade jätten triumferande och svängde korpen, som om han var en trofé.

"Aj! Låt mig vara, kraaa!" Hugins resoluta protest fick jättens stora blå ögon att växa ännu större.

"Du… kan prata?" Och han stirrade på honom likt ett barn fascineras av en eld. Skrämd och i smärta, försökte Hugin kvickt finna en väg ur den besvärliga knipan han befann sig i.

"Ja, jag kan prata. Sanningen är, jag är en förklädd trollkarl som vandrar jorden runt. Släpp mig omedelbart, och jag låter dig gå oskadd."

Hotet verkade ha en viss effekt på jätten, som stirrade på honom i några sekunder, tills ett leende sprang upp och spred sig över hans bleka ansikte.

"Vilken rolig liten fågel du är. Du går in i mitt hus utan inbjudan och vågar hota mig".

"Låt mig gå, om du håller ditt liv kärt!" insisterade Hugin, den här gången med en antydan av rädsla i hans krax.

"Nej, jag låter dig inte gå. Jag är sjukt trött på att fylla min mage med is och stenar. De smakar inte särskilt mycket och får mig att sova dåligt. Du är en mager liten filur, men är klart bättre än stenar. Hoppas att du inte bryr dig om jag tar mig en mumsbit!" och med ett hemskt och dovt skratt tog han korpen mot munnen. Hugin stängde ögonen och förväntade sig det värsta, men just då höjdes en stark och distinkt röst från djupt inuti grottan: "Stopp, Gymrad!"

Långsamt öppnade Hugin ögonen och såg en mycket lång och bastant kvinna, kraftfull men dock graciös, tågande mot dem med bestämda steg. Det var en gyger, en jättinna. Hon var klädd i en tung vit björnpäls och hennes mjuka vita hår påminde honom om nyfallen snö.

"Vad för en make är du egentligen?! Hade du tänkt äta den utan att berätta för mig?" Hon skrek och satte ned foten för att visa bestämt sitt misstycke. Jätten, som förmodligen var van vid hennes plötsliga utbrott, rullade bara ögonen och gav en djup suck.

"Argh! Du klagar alltid! Det var jag som hittade den, och det är jag som ska äta den!" Men jättinnan skulle inte ge upp det saftiga mellanmålet så lätt.

"Jag är också trött på att fylla min mage med is och sten! Jag har inte fått i mig varken något djur, eller mjuk liten människa på flera dagar... Lyssna på mig: om du äter den här korpen kommer din matsmältning att suga bort det sista du har kvar i din lilla hjärna. Vad ska de va bra för?", nu skiftade hennes ton och blev betydligt mjukare, som lugnet efter stormen: "Kom igen, Gymrad, son till Wymrad, om vi inte hjälper varandra, kommer vi inte överleva Fimbulvintern...".

Men Gymrad, son till Wymrad, var fast i sitt beslut, och som ett envis litet barn:

"Jag sa nej. Det var jag som hittade den, och det är jag som ska äta den!"

Han öppnade igen sina käkar, men med en hårsmån missade han att bita av Hugins huvud med sina skarpa vassa tänder. Men jättinnan hade bestämt sig för att inte låta det ske. Med en smidighet likt en tiger hoppade hon plötsligt på honom, ögonen blinda av raseri.

"Mina systrar varnade mig för att gifta mig med dig!" ropade hon i hans ansikte, medan hon med näbbar och klor försökte stjäla ifrån honom den tunna, men eftertraktade måltiden.

Det tog några sekunder för Gymrads långsamma hjärna att inse vad som hänt. Med sitt tröga sinnelag, som normalt var mörkt och tyst precis likt ögonblicket för universums skapelse, tändes nu en gnista, och växte snabbt till ett rop så högt och så fullt av ilska, att grottans väggar började skaka så vansinnigt mycket och gamla isstalaktiter föll till marken.

Ett ögonblick senare var man och hustru fast i en kamp på liv och död. Mot Grymrads urkraft visade Jättinnan oanad smidighet. Det äktenskapliga bandet var som bort-blåst i den blodiga bataljen; sparkar och slag följde om varandra med avsikt att förgöra den andra. Efter en minut in i kampen förlorade de två balansen, men precis innan de slog i marken lyckades Hugin frigöra sig från jättens grepp och ge sig av. Allt som korpen flög ut från grottan, vände han sig om för att ta en sista blick: jättarna hade helt glömt av honom och fortsatte sin hårda kamp.

"Helt ofattbart att jag tog mig ut levande," reflekterade

Hugin som var tacksam för sin lycka och kände sig välsignad av jättarnas ombytliga temperament.

Men utanför grottan höll snöstormen på för fullt. Han sökte efter ett annat skydd, men snön föll så tjockt, och vinden var så stark, att korpen flög blint in i natten.

Han kämpade i några minuter med sina sista krafter, sina sista varma blodsdroppar i ådrorna, och sina sista torra fjädrar. Då fångade en virvelvind honom, och mörkret föll ned över världen.

***

Det var flera år sedan senast han hade känt lukten av den fräscha doften av gräs och blommor. Han kände också en plötslig värme sprida sig till sina kalla ben. Var han död?

"Kom och ta en titt, Liv! Den vaknade!"

Först osäker på vad han upplevde. Så fort hans ögon var öppna fick han syn på en söt liten flicka som tittade på honom med pigga ögon. Hon hade kopparrött hår och ett vackert leende.

Pojken som hette Liv tog sig fram till dem. Han var några år äldre än flickan, och hans ansikte avslöjade förnämlighet och fromhet. Han lutade sig över den lilla träburen och tittade försynt på Hugin innan han tillät sig att le.

"Han kommer att återhämta sig fort. Det gjorde du bra, Livtrasir, men låt honom vila lite mer innan vi släpper honom fri. Han är fortfarande mycket svag".

Flickan nickade. Sedan lät hon sina fingrar glida in i buren, som när ett barn stjäl godis, och klappade Hugin mjukt. Efter att känt av jättens stålgrepp, var denna lätta beröring, från dessa spinkiga fingrar, som en skänk från ovan.

Hugin tog en titt omkring sig: Han kunde svära på att han befann sig mitt i en stor tall- och granskog. Normalt sett skulle han verkligen inte ha förundrat sig över ett sådan alldagligt scen, men det var det tredje och sista året på Fimbulvintern, den långa vintern som saknade vår och vilken hade täckt hela området kring Midgård under ett nesligt täcke av snö och is. På det här stället var allt frodigt och solen sken genom trädens tjocka löv, ett tätt knippe av strålar lyste upp vegetationen. Men det största mysteriet var de två barnen, som trots sin ungdoms skönhet, var dåligt klädda, och såg undernärda ut.

Hugin försökte komma ihåg vad som hänt, men minnet av vad som hade skett tiden innan han hade förlorat medvetandet var som bortblåst och förlorat i tomma intet. När han vaknade hade han befunnit sig i den gröna skogen och under det kärleksfulla omhändertagandet av barnen…men hur många dagar hade gått förbi? Hans Herre måste vara orolig för honom. Kanske i just den tidpunkten, blickade han ut över horisonten i plågor: "Så Hugin har också övergivit mig".

Korpen tänkte snabbt ut en plan. Han kunde vänta tills barnen lät honom gå. När allt kommer omkring kunde lite vila göra honom gott. Dock kände han att tiden höll på att rinna ut i sanden och att han istället borde skynda sig vidare.

Säga åt dem "Släpp mig annars kommer jag attackera er!" var tydligt ingen bra idé: späd som flickan var, skulle hon då svimma eller fly, så att han skulle förlora ännu mer dyrbar tid. Hugin försökte komma ihåg någon trollformel, men lyckades inte dra sig till minnes någon av alla de han en gång hade lärt sig. Efter lite tvekan bestämde han sig för att göra något som verkade vara det bästa för stunden.

"Tack snälla jungfru, för din kärleksfulla behandling".

Vad hade flugit i honom? Flickans reaktion var väldigt förutsägbar. Hon gjorde ett kort skrik och tog snabbt tillbaka sin hand från buret. Pojken kom och ställde sig genast vid hennes sida.

"Vad är det, Livtrasir? Såg du dem?" sa han när han försiktigt tog hennes hand.

"N-nej Liv, det är inte dem, utan… korpen! Korpen talade till mig!"

"Vid Tors hammare, vad är det för dumheter? Du ska veta att du skrämde mig verkligen. Att tro att en korp kan prata… Du måste vara trött, kanske är det bäst om du får vila lite".

"I det här fallet," avbröt Hugin "rekommenderar jag att du också tar en tupplur."

Lifs ögon blev stora av förundran, inte helt säker på om det han hade hört var sant, eller en del av hans fantasi. Han stod fortfarande kvar framför Livtrasir, och efter en noggrannare analys av situationen frågade han korpen.

"Vad för slags förtrollning är detta? Är du en trollkarl?"

"Var inte rädd, jag vill dig inget illa. Jag vill bara att du ska befria mig, så att jag kan fortsätta min resa. Men först säg mig, vad är det här för plats, där allt är grönt och solen skiner?"

"Du är i Hoddmimers skog, talande korp – men jag är ganska säker på att du visste det här redan" – pojkens fina ansikte blev allvarligt och pannan rynkade i bekymmer – "Jag litar inte på dig: du kan vara en av de förklädda..."

Hugin förbannade vad han sagt. Brukade inte Munin alltid säga åt honom att han pratade för mycket?

"Tror du verkligen han är en spion?"

"Jag vet inte ens vem du pratar om och jag bryr mig heller inte. Jag hamnade på detta ställe av en ren slump och nu kallar mina plikter mig till en annan plats. Låt mig gå, snälla!"

Flickan såg på Hugin med sympati, men Liv var oresonlig.

"Kom ihåg, Livtrasir, hur de lurade din far och byns krigare? De sa att de var resenärer och det trodde vi på. Men den natten, medan hela byn sov, tackade gästerna oss med facklor och svärd!"

"Du har rätt, Liv..."

Flickan tittade ner, kanske i ett försök att undkomma flammorna som fortfarande brann i hennes minne. Från hjärtat kände hon att det här lilla försvarslösa djuret var harmlöst. Tvivlet splittrade henne och hon bestämde sig slutligen ändå att förlita sig på vad Liv sagt.

Det såg illa ut för Hugin. Varje sekund var nu viktig. Om hans räddare, nu blivit hans väktare och bestämt sig för att inte befria honom, skulle den redan lilla chansen att hitta Munin minskas till praktiskt taget noll. Hugin var på väg att säga något när det plötsligt ljöd en dyster och dånande ton från ett horn. En oroväckande tystnad följde det skräckfyllda ljudet. Skogens djur verkade ha gett sig av, kanske förebådade en annalkande katastrof.

"De är här, de har kommit!" viskade pojken försiktigt. Han tystnade. Från skogens svarta djup välde de fasansfulla fram.

På sättet det ylade kunde Hugin svära på att det var vargar. Men inga vargar från Midgård vrålade på människors språk. Korpen förstod att dessa varelser inte var människor, men till vilken lägre ras de tillhörde kunde han inte säga.

Liv fick tillbaka sitt mod, tog en pinne och var förberedd på det värsta.

"Låt de våldsamma bärsärkarna[1] brinna i helvetet! De kommer att få betala dyrt för deras förstörelse av Lerwik!".

Men när han talade, skakade hans händer som löv, dessa händer som hade sett allt för få vintrar.

"Låt oss försöka komma till berget!" föreslog Livtrasir, medan hon kavlade upp hans skjortärmar.

---

[1] Grymma skandinaviska krigare som traditionellt var lojala till guden Oden. De förberedde sig inför strid genom att försätta sig i ett tillstånd av raseri som kallas "bärsärkargång" som gjorde dem särskilt skoningslösa och okänsliga mot smärta.

"Det är ingen idé. De är för snabba för oss och har bättre luktsinne än djuren. Vi har inget annat val än att möta dem i strid och dö med ära."

Flickan sa ingenting, lät tystnaden tala. I hennes ögon kunde minnet av våren tydas och där såg Hugin hennes avsaknad av rädsla. Korpen kände genast igen det ansiktsuttrycket, som han hade sett otaliga gånger tidigare, nära det brusande havet. Det var samma frånvarande ögon som i de unga pigor han hade sett, som var tvungna följa med sina hövdingar på deras sista resa, tillsammans med alla deras ägodelar. Allt gick till offer, inklusive pigorna. Tillsammans hade de befunnit sig på den brinnande båten, med sin hövdings lik intill, när de betraktade eldflammorna som slickade skrovet. Det var en blick full av ångest och uppgivenhet, där hoppet om fortsatt liv var helt borta.

Bärsärkarna, till hälften människa och till hälften djur, var nu mycket nära. Korpen kände medlidande för barnen, vars unga liv verkade vara förutbestämda till att krossas av hemska vapen. Dessutom var det inget han kunde göra för att rädda dem. Trots hans dåliga minne, kunde han ändå komma ihåg sin herrens varning: "Du får akta dig så du inte blir insnävad i de dödliga varelserna bekymmer. Om du så föredrar, betrakta dem som du skulle observera en sten. Hade du försökt hjälpa en hög med stenar, Hugin?"

I många år hade Hugin respekterat dessa förebråelser. Han förstod att bakom dessa ord fanns det en stor visdom. Om de dödliga hade överlåtit sina öden till gudarna, skulle

Midgård med omnejd blott blivit en skugga av Asgård. En skugga som varken gudarna eller de dödliga önskade.

Men nu genom att iaktta Livs skakande händer och Livtrasirs uppgivna ögon, verkade dessa råd som han en gång trott vara visa, kändes nu istället grymma.

Han var djupt försjunken i dessa tankar, när den första bärsärken dök upp bakom de tjocka träden. Han bar en tung björnhud över sina spelande muskler, och svingade en blodstänkt yxa. Krigaren tittade argsint på de sorgsna barnen, därpå gnisslade sina gula tänder, i en ohygglig grimas och skrek. Det var ett rop från en dåre, en blodtörstig demon, med en yxa i sina händer. Han tog ett skutt och fick en mystisk gestalt, likt förkroppsligandet av en gud av terror. Kort därefter skulle hans tunga yxa fallit på barnen och krossat dem. I denna skräck stängde Liv sina ögon. Det hade blivit för mycket för honom. När plötsligt…

"Stopp!" kraxade korpen med allt vad han hade.

När slaget inte kom, öppnade pojken ögonen och den här gången stelnade han av skräck. Hans ansikte gjorde en förvriden grimas när bärsärken stod bara en meter från honom, svettig och andfådd, redo att utföra det dödliga slaget, men av en oförklarlig anledning höll tillbaka. Han stod stilla och tittade på Liv med en försjunken blick. En sekund senare sänkte han sin yxa. Den blodtörstiga och illasinnade krigaren från stunden innan, hade nu förvandlats till en tok. Liv andades ut i en lättnadens suck, den bästa – tänkte han – i hela sitt liv.

"Ge dig iväg!"

Det fanns inga tvivel: ordern kom från den märkliga, talande korpen. Vad skulle hända nu? Liv hade slappnat av, men nu svärtades han återigen av nya rädslor: tänk om korpen i själva verket var en ond trollkarl? Det återstod bara att be till alla gudarna i Asgård att fågeln hade goda avsikter.

Korpen gav en till förmaning till bärsärken att ge sig av och försvinna in i skogen. Liv kunde knappt tro det var sant, att den vildsinte krigaren hade blivit tämjd med några få enkla ord från en liten korp! Men det var för tidigt att ta ut segern; helt plötsligt, bortifrån mitten av träden, förlöstes ett hejdlöst vrål som att åskan hade slagit ned, och ett ögonblick senare, uppenbarade sig ytterligare fyra bärsärkar i gläntan. De hade också på sig tjock björnpäls, färgad med torkat blod, och utrustade med vapen, som kunde välta träd med ett endaste slag. Deras ohyggliga ärrade ansikten berättade om otaliga hemska strider.

De två barnen omringades direkt. Bärsärkarna måste ha blivit roade av att se barnen, då de upphetsat började skräna mot dem på ett obegripligt språk, och till och med började slicka sina blodiga vapen i stor förväntan. Liv och Livtrasir var helt stilla, häpna över det hemska spektaklet. Plötsligt gick den största och mest skrämmande bärsärken fram och riktade sitt långa och tunga svärd mot dem.

Men bärsärken hann inte flytta sig mer än ett steg innan ett oväntat yxslag träffad hans skalle, och klyvde huvud i två delar. Mörkt blod flödade från den lemlästade kroppen och blod sprutade ut över de andra krigarnas ansikten. Deras ögon vände sig omedelbart mot den kämpe som utdelat det dödliga slaget, samma kämpe som korpen hade förtrollat några minuter tidigare och som nu utnyttjade att hans kumpaner blivit distraherade, så han kunde smyga sig tätt inpå dem. Deras förvirring gav kämpen mer tid: åter slog yxan ned och skar av en annan krigares arm. Ett skrik av smärta ekade genom den tysta skogen. Och det var starten på en blodig orgie.

Efter att chocken hade lagt sig, gick bärsärkarna till attack mot sin kamrat, men ett ögonblick senare, offer för sitt eget raseri, började de slå blint omkring sig utan urskiljning. På bara efter några få sekunder låg alla bärsärkarna döda eller döende på marken. Det som återstod nu var bara en blodpöl, vapen och människolik. Liv sa till Livtrasir att det var dags att ge sig av. Ett sista dödsryck hördes, innan tystnaden åter dominerade i Hoddmimers skog.

När han fått fatt på Livtrasir, böjde sig pojken ned till marken och betraktade korpen grundligt. Han frågade, "Hur gjorde du det?".

Hugin var utmattad, han hade knappt ork att svara. När var senaste gången han hade lyckats kontrollera en annan varelses sinne? Han var säker på att minst två århundraden hade gått. Hans magiska talanger hade länge varit gömda, kanske alldeles för länge, i förmån för hans konflikträdsla eller diplomati. Han trodde han hade glömt alla trollformler, men kanske hade den här nödsituationen ändå tvingat honom att minnas.

"Jag kunde kontrollera… hans sinne… tror du på mig nu?"

"Naturligtvis tror vi på dig! Är det inte sant Liv?" sa flickan och tittade spänt på pojken.

"Kan du någonsin förlåta mig och mina misstankar, talande korp?" Pojken försökte rättfärdiga sig, "vi lever i svåra tider och du kan förstå att det inte är lätt, du vet…att lita på en varelse som du".

"Jag förlåter dig pojke, men, vad säger du nu, dags att befria mig från den här buren kanske? Jag är i stort behov av att sträcka ut mina vingar så jag kan återuppta min resa".

Pojken öppnade buren lite försiktigt. Vad mer skulle den här konstiga talande korpen kunna hitta på, trollkarl som han är? Men att se korpen komma ut ur buren på ostadiga ben, och med näppe lyckas lyfta med sina vingar, kände han sig ändå rätt säker att han gjort rätt.

"Äntligen fri! Kom igen, låt oss ge oss iväg till en säkrare plats. Under tiden som ni repar er, vill jag att ni berättar er livshistoria. Varför är ni här? Och framförallt undrar jag vad det här är för ställe?"

Promenaden gick från den blodstänkta gläntan, till näst tillflykt, liggandes längs med en kylig och sprakande flod. Detta kanske fick ungdomarna att smälta sina intryck, för de hade just börjat doppa sina ben i vattnet, när de helt spontant började redogöra sin levnadshistoria.

"De bärsärkarna du besegrade" började Liv säga, medan han knöt sina nävar, "de har förnekat Oden, och svurit trohet till Loke. Av att döma av deras monstruösa utseende, är jag nästan säker på att de måste vara en blandning av människa och jätte. Dessa monster rör sig i grupper och härjar fritt på jorden, bränner ner och förstör allt i sin väg".

"Det ryktas att Loke lovat dem Midgård efter Ragnarök, som belöning om de hjälper honom, en belöning för deras lojalitet.

"Idioter! Loke håller ju aldrig sitt ord. Oden kommer se till att de får betala dyrt för sitt förräderi" avbröt Hugin, som inte kunde hålla inne sina tankar för sig själv.

"Jag vill tro att Lokes tjänare är de värsta förrädarna! För en tid sedan kom fem av dem till vår by. De sa att de var vanliga resande som letade efter bostad för natten. Men deras utseende oroade oss, och ingen hade besökt byn på flera månader sedan nyheter om bråk upp i bergen.

"Fadern till Livtrasir, som var byns ledare, kallade till möte för att bestämma vad man skulle göra åt saken, som brukligt var vid tillfällen som dessa. Våra krigare måste ha blivit duperade på något sätt, eftersom ingen av dem hade lyckats läsa av vad de hade i åtanke. Man kom fram till att det var för grymt att låta dem dö i kölden rätt utanför vår by. Nå, för vårt ömsinta handlande, blev vi rejält straffade av gudarna. Samma natt, när de sista facklorna hade slocknat, kröp främlingarna ut ur sina sängar och öppnade upp portarna till resten av deras rövarband…

"När de första husen var satta i brand, vaknade hela byn upp: män, kvinnor och barn tog till svärd och pinnar och gav sig på angriparna. Först då fick vi se bärsärkarnas rätta jag, hjärtlösa och blodtörstiga monster. Vi försvarade oss med all vår styrka och slogs till sista man. Vi dödade många av dem, men de var för många. Striden var hopplös redan från första början. Rövarna skonade ingen!

"Det var slutet på all gott i världen jag kände till. Jag vandrade omkring i den heta striden, redo att offra mitt liv i strid, och förena mig med mina fäder i Valhalla, när jag såg henne… Först misstog jag henne för att vara en Valkyria, blind av röken från bränderna och blodet som droppade ned i mina ögon. Men där hade jag fel, det var Livtrasir, lilla Livtrasir som snubblat genom kaoset, planlöst, på vinst och förlust. Det var då jag fattade mitt beslut…" han log mot henne.

"Ja. Jag… Jag kommer inte ihåg mycket av vad som hände efter attacken. Jag verkade fast i en mardröm bestående av eld, vapen och skrik. Jag kommer ihåg att Liv skällde på mig" hennes kinder blev rosenröda, "han sa till mig 'gå därifrån, dumstrut!', eller hur Liv?" Och då kände jag dina händer och plötsligt slutade jag drömma. Det jag minns sedan är att vi försökte fly från ruinerna och förödelsen och från de skrikande människorna…"

En flod av tårar hindrade henne från att fortsätta. Det spelade ingen roll hur mycket hon än försökte glömma den hemska och fasansfulla natten, som hade plågat henne ända till Hoddmimers skog. All uppmuntran hon kunde få i Midgård var inte tillräckligt för att hennes gamla sköna leende skulle komma tillbaka. Kanske Liv faktiskt hade rätt när han trodde att han hade sett en Valkyria den där natten, tänkte Hugin. Kanske det var en del av Livtrasir som följde med henne i hennes resa mot döden...

"Efter att ha flytt från byn", fortsatte pojken att säga, "vandrade vi på måfå i dagar i en ödslig och oländig trakt. Vi reste dag och natt, med evig kyla och hunger. Rädslan för bärsärkarna var alltid närvarande, även när vi hade gömt oss i grottor för att sova. Minsta ljud störde vår sömn. Vi stoppade i oss allt vi kunde hitta...till och med kadaver. Som du själv sett, finns det inte mycket djur kvar. Jag fruktar att alla djuren är döda, offer för kylan och alla de övernaturliga väsen som härjar i området.

"Vi skulle också fallit offer för samma öde. Jag trodde på den tiden att det hade varit bättre att få dö i Lerwik, tillsammans med mitt folk, och på så sätt förtjäna en hjältestatus i Valhalla. Kanske har mina förfäder lagt en förbannelse på mig, att jag ska vandra för evigt genom de kalla förfrusna landskapen...vi var extremt svaga och nästan totalt nedfrusna, så det fanns knappt något hopp kvar för oss när..."

Plötsligt spärrade han upp ögon och historien fick ett avbrott.

"...när? fortsätt pojk, tala ut".

"En korp, Liv! Kommer du ihåg?"

"En korp?"

Direkt så drog Hugin öronen åt sig och blev nyfiken.

"Ja! Du bör veta, att när allt verkade förlorat, så såg vi en korp flyga över oss. Vi hade inte sett en enda levande varelse på flera dagar, så vi bestämde oss för att följa i den riktning som kopen tog. Överraskande nog nådde vi efter en och en halv dags vandrande, och med lite tur, den här gröna skogen. Som du ser själv, har den här skogen av någon underlig anledning inte blivit påverkad av den stormande vinterns raseri...

"Faktum är att andra människor kommit dit innan oss. De berättade att de också hade kommit till skogen, efter att ha sett och följt efter den mystiska korpen. En äldre man som kände till alla de uråldriga vandringssägnerna menade att detta måste vara det legendariska Hoddmimers skog, den evigt gröna skogen och vi hyllade våra gudar att de lett oss dit. Vi glömde av korpen och slutade oroa oss för den långa vintern som säkerligen höll fortsatt i, på andra sidan dalen. Till en början var allt frid och fröjd. Vi började bygga upp ett nytt liv, tills en sorgsam dag, vi hörde det förskräckliga ljudet från ett horn som ekade genom skogen. Livtrasir och jag kände genast igen det förhatliga ljudet. Mardrömmen var ännu inte över: bärsärkarna hade upptäckt Hoddmimer!

"Bara på några dagar förvandlades den vackra och fridfulla platsen till ett slagfält. Ännu en gång stred vi tappert och efter bästa förmåga, vilket ledde till markanta förluster och försvagade båda sidor. Med all sannolikhet var bärsärkarna, som du besegrade, de allra sista från deras grupp och jag är rädd att Livtrasir och jag är de enda kvarvarande människorna i Hoddmimers skog..."

"Och vad vet du om korpen? Har någon av er träffat honom igen?"

"Gamle Arvid svor han hade sett den flyga mot öster" pojken pekade på en plats där skogen skiftade till ett högt bergslandskap, "men på den tiden lade vi inte så mycket betydelse i det".

Nu när han hade fått en riktning, även om den var osäker, kunde Hugin inte dröja längre. Trött eller inte, genast behövde han upp i luften igen så han kunde fortsätta sitt sökande.

"Jag känner att det är dags för mig att ge mig av..."

Det var många saker pojken ville fråga den talande korpen om innan den lämnade; om han kunde ge en förklaring till alla dessa mysterier som skett, bärsärkarna, den långa vintern som hade hållit världen i sitt grepp, den förtrollade skogen, talande korpar, och trollkarlar. Men det var Livtrasir som frågade den viktigaste frågan av dem alla:

"Berätta åtminstone ditt namn!"

Hugins sken upp och gav ett leende.

"Jag heter Hugin. Farväl, kära vänner. Må gudarna vara med er, i denna nådens tid, full av hemskheter."

Sedan flög han iväg och svävade upp ovanför träden, där solen nu sköt fram genom molnen, för att kyssa världen med sitt ljus. Utanför dalen var solens strålar helt blockerade av ett stormigt hav av moln.

Hugin tog mod till sig, redo att bemästra det okända som väntade honom.

***

Från den här höjden kunde hans skarpa ögon svepa över hela landskapet. Han kunde se bergskedjan gå ihop med dalgången, med en lång stenig ryggrad. Det var där han hade fallit när stormen slog till. Hugin insåg att han inte hade överlevt från den höjden, om inte träden hade dämpat hans fall.

Det var en märklig syn, utsikten från omvärlden i jämförelse med dalen: det ena ett öde och kargt landskap, och det andra ett landskap fullt av liv. Dessa två världar, så olika från varandra, men ändå samexisterade, bara några kilometer ifrån varandra, delade av bergskedjan som ringlade sig runt dalen.

Berget öster om Hoddmimer hade den högsta toppen. Till skillnad från dess systertoppar hade detta berg inte en grön topp, utan var grå och karg. Hugin flög över området. Han hoppades naturligtvis att finna sin vän där uppe på en platå, men efter alla motgångar visste han att det inte skulle vara så lätt.

Lite under toppen, fanns en stor, helt rund öppning. Den verkade inte vara naturligt formad och Hugin gissade att det antagligen var jättarna som hade grävt ut den i Midgård, långt tillbaks i tiden. Hans senaste erfarenhet från vistelse i en grotta, varnade Hugin om de faror som kunde lura inuti berget. Var det verkligen så att Munin föredrog att övernatta i den mörka grottan, framför att stanna och vila bland någon

av alla trädtopparna? Och hade Munin verkligen tagit den
här vägen, eller var den korpen som människorna sett, bara
en helt vanlig korp? Hugin kände sig inspirerad av tanken
att ingen annan fågel tidigare hade flugit som han nu gjorde,
i sådana dåliga förhållanden. Vad som än hade drivit Munin
till den mystiska dalen, hade också säkert fått honom att
välja grottan. Därför, utan att spilla tid, tog Hugin mod till
sig och gled in.

Rummet inuti var större än förväntat. Det var högt och
rymligt, och dess väggar hade en cirkulär form precis som
ingången, de var helt släta och fina. Det var som om en
jättemask hade borrat sig igenom bergets väggar. Passagen
fortsatte rakt fram en bit och sedan helt abrupt, sluttade
ner i total mörker. Hugin hade gärna förvandlat sig till en
fladdermus, men det var typiskt att också det tricket nu var
bortglömt. I alla fall så kunde han inte ge sig blint in i mörkret,
för vid första passagen hade han som bäst kraschat mot en
stenvägg. Han försökte sedan komma ihåg något som kunde
vara till hjälp och till slut lyckades han finna en lösning, djupt
lagrad i sitt minne. Han kraxade ut en magisk formel och
omedelbart omringades han av ett bländande silverljus, som
i det rådande beckmörkret, gjorde honom till ett enkelt byte.
Dessutom gick stora mängder av hans energireserver åt att
hålla trollformelns verkan fortsatt igång, vilket försvagade
honom och det var riskfyllt om han skulle bli attackerad.

Gången in i berget slog nästan knut på sig självt,
brant och slingrande som en ihopknycklad orm. Även

temperaturen sjönk drastiskt, av någon underlig anledning. På vägen ner, avslöjade ljuset från hans magiska aura långa ådror av guldmalm som sken utefter passagen; människor, dvärgar och jättar skulle alla kunna kämpa otaliga strider för att komma över dessa eftertraktade fyndigheter. Han blev utmattad av att hålla magin vid liv och grottans väggar, så perfekt släta, erbjöd ingen urgröpning för honom att vila på. Om han nu hade slutat flyga hade han säkert dalat ned mot världens mitt.

Slutligen öppnade gången upp till en isgrotta, så stor att han inte kunde se slutet. Grottan var svagt upplyst av ett blåaktigt ljus av okänt ursprung, som gav platsen en spöklikt ljus. Med sin skarpa syn såg Hugin, mer eller mindre i mitten av grottan, stammen på ett enormt levande träd. Trädet var så stort att det växte upp till grottans tak, gick igenom berget och sköt upp mot okända höjder. Plötsligt gick det upp ett ljus för honom; vad dum han hade varit som glömt bort! Skogen i Hoddmimer var ju toppen på världens träd, Yggdrasil. En gång hade hans Herre berättat för honom, hur han hade hängt ned från dess grenar i dagar, i ett försök att tyda de hemliga runorna… för att förstå till vilken av de tre världarna dess rötter tillhörde? Helheim, Nifelheim eller Muspelheim?

Svaret som Hugin sökte, kom i form av ett vrål, vars eko skakade hela världen. Faktum var att vid foten av Yggdrasill fanns faktiskt en drake, som inte hade någon jämlike i någon av de nio världarna, varken i utseende eller i storlek.

"Och det" slog Hugin fast, "måste vara den legendariska Nidhögg, draken som har gnagt på världsträdets rötter sedan tidernas begynnelse".

Som ytterligare bekräftelse på hans farhågor, kom en uråldrigt och ond röst dånande upp genom den ändliga grottan, som fick honom att skaka från näbbar till klor.

"JAG SER DIG! DÅRE, DU KAN INTE GÖMMA DIG!"

Omedelbart i följd, kom en vindpust mot Hugin, så han blev indränkt i gammal unken luft som fick honom att må illa. Aldrig förr i sitt tusenåriga liv hade han känt sig så liten och obetydlig som nu.

"Jag-jag," försökte han kväda fram, men hans kraxande gick förlorat i intet. Hursomhelst, efter att ha förklarat sitt revir, blev draken fullständigt ointresserad i honom och återvände till att gnaga på trädets rötter med nya krafter. Roten som gick till Nifelheim var på väg att brytas loss. Drakens tålamod, i hans vedervärdiga syssla, som hade tagit honom en evighet, höll på att ge resultat och trädet skulle snart falla till marken.

När han förstod att odjuret inte längre var intresserad av honom, tog Hugin mod till sig, flög försiktigt till en av de enorma grenarna på trädet och höll sig fast, på så långt avstånd som möjligt från draken.

Inte en minut hann gå, förrän han hörde små steg ovanför sig komma närmare mot honom. När han såg upp, såg Hugin en stor, lurvig ekorre som var på väg i hans riktning.

"Ur vägen korp!"

Hugin hann knappt att väja undan från att bli nedtrampad av den nedstörtande ekorren.

"Hej, vänta! Stanna ett tag, jag måste fråga dig något!"

När ekorren hörde detta avbröt han abrupt sin raska färd. Han sprang så fort att han nästan ramlade av trädet.

"Hallå! Men du kraxar! Jag menar, du pratar! Trots att jag är en ekorre (den bästa och vackraste av alla ekorrar!), talar och sjunger jag också. Förresten, skulle du vilja höra en sång?"

"Hmm… senare, säkerligen, med stort nöje. Men först ville jag fråga dig om du kanske har sett en vän till mig…"

"En vän? Vad menar du? Här är det bara jag, gamla Nidhögg och den fördömda trädroten som vägrar att knäckas. Stackars Ratatosk, som får löpa upp och ner längs stammen på Yggdrasil i evigheter mellan draken och höken Väderfölner, för att vara budbärare för deras ömsesidiga förolämpningar – och bara så du vet, dessa två har riktigt dålig fantasi, särskilt gamle Nidhögg. Och nu, min kära talande korp, om du inte vill sjunga ♫, säger jag farväl! ♫".

"♪ Så / du har inte sett / en annan korp som jag? ♪".

"♫ En korp? / Varför har du inte sagt det innan / istället för att slösa bort min tid? / Du kommer inte finna några vänner här / men just för en korp finns det en, en som du känner till! / Precis där, under vingen på den gamle / den som fångades / mellan skuldra och revben / en utmattad hjälte / som kommer bli en utsökt måltid till draken. / Och nu ge plats / jag kan inte dröja mera / jag har förolämp-ningar att leverera! ♫".

"♪ Vänta lite! / Hjälp mig att befria honom / Jag ger dig vad som helst för din hjälp! ♪".

"Ah? Vad som helst? Låt mig tänka på det, min kära korp. Hmm… du kan ge mig en riktig bra förolämpning, något som kan få den gamla Nidhögg riktigt förbannad? Hundra år har gått, där han och höken inget annat gör än upprepar samma saker. Du vet, jag tycker det börjar bli lite tjatigt…"

Hugin förstod att om han ville frigöra Munin, hade han inget annat val än att göra vad den halvgalna ekorren sade. Han försökte klura ut en bra förolämpning för en stund, men oavsett hur mycket han än försökte, kunde han inte finna ut någonting. Då, som en blixt från en klar himmel, mindes han en förolämpning som han hört under sina resor. Hans minne blev skarpare… Munin måste vara i närheten.

Efter att ha hört Hugins förslag, blev ekorren utom sig av lycka.

"Detta kommer att förändra allting!! Det här kommer bli så roligt, du ska se!"

"Håller du ditt ord? Hjälpa mig att befria min vän?"

"Åh, ja det ska jag…se och lär korpen!"

Och detta sa Ratatosk, samtidigt som han gav sig iväg i en hastig fart. Hugin kunde inte förstå hur ekorren ens vågade komma Nidhögg nära, än mindre förolämpa honom; draken satte en sådan skräck i honom! Men för Ratatosk verkade det vara det enklaste och roligaste saken i världen,

så Hugin hittade skydd i en stor glipa i trädets stam, hopp-
ades att en rekyl av eldflammor från djupet inte skulle nå
honom. På avstånd började han observera…

När ekorren närmade sig, stannade Nidhögg upp med
sitt gnagande på rötterna. Den slingriga pupillen i hans
gigantiska öga smalnade av till en tunn rät linje. Ekorren
blev inte skrämd, tvärtom vågade han sig på ett hånfullt
litet leende, som för vilken annan varelse som helst hade
inneburit kremering på stubinen.

"JAG HAR VÄNTAT PÅ DIG, RATATOSK" sa draken.

Utan att svara hoppade ekorren upp på hans fjälliga
huvud och talade in i hans öra.

"Allt eftersom du har blivit äldre, har du blivit allt mer
otålig, som ett barn, gamle vän. När var den senaste gången
du tog semester? Måste vara minst tusen år sedan! Och vad
hade du fått ut av det? Ingenting! Väderfölner är dock en trev-
lig prick, alltid glad, alltid redo att sjunga på morgonen…"

Draken blåste ut ett moln av svavelångor ur näsan, ett
tydligt tecken på att han höll på att förlora sitt tålamod och
att det var bättre att fatta sig kort.

"NÄR JAG ÄR FÄRDIG HÄR KOMMER DET DÄR
FÅGELSPEKTAKLET ATT MISTA SITT BO! JAG
KOMMER SE TILL ATT GRILLA HONOM VÄL
INNAN JAG KÄKAR UPP HONOM" och sedan slickade
han sina skarpa vassa tänder med sin långa kluvna tunga
"MEN SÄG MIG RATATOSK, VAD SA HAN TILL DIG
DEN HÄR GÅNGEN? KANSKE HAN SA ATT JAG

LUKTAR RUTTET LIK? ATT JAG ÄR EN YNKRYGG?
BERÄTTA, VAD SA HAN?"

Och frågan var samma som den alltid hade varit, draken väntade otåligt på vad den fräcka ekorren hade att säga. Ratatosk tog ett djupt andetag innan han började tala. Han visste att den här gången skulle den gamla drakens reaktion bli något helt förskräckligt.

"Nej, han sa inget av dessa saker. När det gäller ditt hot som du nu använt i 61år, om att grilla honom innan han skulle bli uppäten, replikerar den magnifika Väderfölner med... "Om du behöver ta blod från din klena hjärna för att smälta hans kungliga majestätiska kropp så kommer du bli en jubelidiot" sedan lade Ratatosk också till med sitt egna "och han säger också att det inte skulle märkas så mycket, eftersom du aldrig lyckats visa upp att du har någon form av intelligens".

Det tog bara en kort stund. Drakens skräckinjagande ögon fylldes med hat, och ekorren klamrade sig fast runt drakens öra så gott han kunde, med all sin kraft för att undvika att kastas bort.

"JAG, EN IDIOT?! RAAAURRR!"

Hela Nifelheim skakades av upprördheten från den rasande drakens enorma kropp. På dess breda vingar, hängde på draken som makabra troféer, skelettrester från några av de modigaste krigarna Midgårds någonsin hade skådat. Under tusentals år hade dessa modiga män försökt förgöra Nid-högg, vilket alltid hade slutat på värsta tänkbara sätt. Deras positiva drömmar om att återvända triumferande till sitt folk hade förbytts till en makaber död och nu, bortglömda från gemene man, var nu deras likrester spridda ut över den uråldriga drakens olika lemmar.

Hugin förstod att om han ville rädda sin vän måste han utnyttja situationen, nu då draken var distraherad och full av ilska. Korpen rörde sig så nära som möjligt för att granska drakens jättelika kropp, riskerade sitt liv för att studera vad som fastnat i drakens fjälliga skinn. Efter några minuters betraktande av drakens enorma kropp, såg Hugin äntligen en svart näbb som sken upp bland alla skelettrester. När allt kom omkring, måste Munin ha noterat Hugin, för på exakta det ögonblicket började han svagt röra på sina vingar, en signal om att han fortfarande var i livet. Hugin glömde av faran helt, kom genast till undsättning för att rädda sin trogna vän, grep honom försiktigt med vingarna och hackade sönder skelettet med sin näbb som höll Munin fången.

"Håll ut min vän!"

Hugin kraftsamlade och använde sen hela sin styrka för att lyfta med sin vän, som han höll fast i sina klor. Nedanför, fullständigt omedveten eller likgiltiga inför deras öde, fortsatte draken att släcka sitt raseri genom att skapa moln av eld och ångor från sina breda osande näsborrar.

Det fanns dock ändå någon som inte glömt bort dem. När de flydde på utspärrade vingar, hörde Hugin en hög röst som ropade efter honom: det var ekorren Ratatosk, som på något sätt hade lyckats fly från drakens öra och klämt sig fast kring Yggdrasils stam.

"Ha ha ha! Av detta skulle man kunna dö av skratt, eller hur? För Nidhögg kommer det att ta ett tag att klura ut en förolämpning av samma kaliber. Och det här min kära korp, kommer att fördröja Yggdrasils fall och världens undergång, åtminstone i några dagar till! ♫ Adjö! ♫".

***

Under den långa resan tillbaka hem kunde Munin berätta för Hugin om alla sina missöden han hade råkat ut för. Han berättade först för honom om hur deras Herre hade beordrat honom att ge sig iväg till Nifelheim för att få klarhet hur det stod till med världsträdets rötter. Yggdrasils fall är ett känt tecknen på att Ragnarök är i antågande.

"Är det möjligt att du inte kommer ihåg Hoddmimers skog, toppen på världsträdet?"

Det var en retorisk fråga: den med det goda minnet hade alltid varit Munin. När han hade flugit mot Hoddmimers skog, där passagen till Nifelheim var belägen, hade Munin upptäckt hela kolonner av fördrivna människor som vandrade på måfå genom ödemarken. Han kände medlidande med de stackarna och tog ett beslut, som mycket liknade det Hugin tagit när han hade räddat Liv och Livtrasir från bärsärkarna: han hade vänt om flera gånger för att visa människorna vägen till Hoddmimer och därmed gått emot deras Herres order.

"Men du borde inte ha hjälpt Lokes anhängare att hitta Hoddmimer".

"Du har fel, Hugin, det var inte jag som ledde bärsärkarna. De måste ha hittat dit på ett annat sätt. Kanske spårade de människorna genom att lukta var de hade gått eller kanske Loke hade guidat dem".

Efter att Munin koncentrerat sig på dessa olycksaligheter, hade han farit in i passagen till Nifelheim. Nu var Hugin lite irriterad av Munins oförmåga att förklara tydligare i detalj, så han frågade Hugin om han inte hade varit rädd för draken.

"När jag såg den hade jag naturligtvis respekt för den. Men jag kom ihåg alla de män som tidigare hade utmanat Nidhögg och så, för att inte bli överrumplad, närmade jag mig honom försiktigt, för att sen fråga hur mycket tid han behövde för att få ner världsträdet. Som svar försökte han krossa mig med sin vinge, men som du sedan såg, hade jag flyt att hamna under ett skelett, för någon som inte hade haft så mycket tur..."

Munin har ett gott minne, men när det gäller sunt förnuft finns det mer att önska. Men Hugin var glad att flyga hem med sin vän vid sin sida.

Väl hemma såg han äntligen Midgård igen, efter den långa och tröttsamma resan. De hade flugit genom den djupblå himlen, långt bortom de moln som omslöt sig kring Midgård, innan de såg Herrens bostad, den legendariska gudaboningen, Valhall. Det fanns 540 dörrar in till palatset. På väggarna var lansar upphängda tillhörande de tuffaste kämparna, och taket, som skimrade från morgonsolen, var fullt av guldsköldar som skildrade många olika krigsscener.

Vanligtvis var palatset fullt med tusentals kämpar som var där för att träna upp sig inför strid, eller för att fira med en överdådig bankett tillsammans med vackra valkyrior, floder av öl och mjöd, tillsammans med musik som aldrig tystnar. Det var därför konstigt att hitta byggnaden helt övergiven. Alla krigare var iväg på något hemligt uppdrag för att förbereda sig inför Ragnarök, den sista stora striden, som skulle betyda slutet på allt.

Korparna vandrade de långa korridorerna i absolut tystnad. När de kom in i salen där vanligtvis praktfulla banketter hålls, som var legendariska i alla de nio världarna, kände de sig lite rädda och fann deras Herre sitta tyst på sin tron. Den gamla guden bar sin magnifika rustning, som tycktes tynga ned honom med sin stora vikt. Hans legendariska spjut, Gungner, låg glömt på golvet. När han såg dem, skakade guden sitt skäggiga huvud, uppenbart osäker om han bara såg i syne.

"O store Oden" kraxade Munin, "vi har återvänt."

Korpens ord ekade obevekligt i salen, som slaget från en ringande morgonklocka. Kanske hade slutet verkligen kommit, en kort stund senare lyfte guden upp sitt vördnadsfulla huvud.

"Hugin, Munin… Jag har väntat länge på er…eller det är i alla fall vad jag kan komma ihåg. I dagar kunde jag inte tänka eller komma ihåg någonting alls… men nu står allt klart för mig. Säg mig Munin, hur mycket tid har vi kvar innan trädet faller?"

"Inte mycket, min Herre".

"Jag förstår…håll humöret uppe och kom till mig".

Han behövde inte upprepa sig; i ett ögonblick hoppade de två korparna upp i hans famn. Oden smekte dem ömsint, som en farfar smeker sina barnbarn. Hans stora starka händer kunde hantera vapen, men när det så behövdes, var de också lämpliga till att arbeta i fälten, eller skriva poesi. I ett avlägset förflutet, när korparna inte var mer än ungdomar, hade dessa händer lärt dem magiska konster, genom att skriva speciella symboler i luften. Därför gillade Hugin och Munin sin Herre väldigt mycket, vars styrka låg i en balans av outtömlig visdom och om det så behövdes, barmhärtighet.

Plötsligt föll ett par tårar ned på deras huvuden. Oden grät; Han grät som ett barn fast i en gammal mans kropp, och tårarna arbetade sig smidigt igenom hans långa vita skäggs perfekta lockar, som strålar passerar igenom den finaste diamant.

"O store Oden, varför gråter du?" frågade Hugin, som fick väldigt ont i hjärtat av att se honom lida.

"Varför?" han sa: "Jag måste ta farväl mina kära vänner. Ni ska veta att jag alltid har älskat er."

När Oden sagt det, ställde han sig upp och plockade upp sitt spjut Gungner från marken. Han gav sig iväg ut från palatset i riktning mot stallet, där han skakade Valhalls grundvalar med ett överdådigt rop, menat till sin förnäma, åttabenta häst, Sleipner. Hästen gav ett gnäggade svar.

"Var ska du nu ta vägen, O store Oden?"

"Slutligen minns jag mina vänner, vad min roll i slutstriden är." När han satte sig på hästen återfick han all sin fornstora prakt. "Jag går till Vigrid, slätten där Surt och de andra redbara gudarna kommer att gå i in i den sista striden. Vänta inte på mig, för jag kommer inte tillbaka…"

Den förnäma Sleipner behövde inte befallas för att ge sig av i galopp. På några sekunder hade häst och ryttare redan försvunnit i en rökridå.

Det var så Hugin och Munin, Tanke och Minne, såg hur sin Herre begav sig iväg. Oden skulle inte överleva striden. Ekot från hans skratt, hans röst och steg skulle inte längre höras i hans kära hemvists salar.

De små korparna studerade himmelen ett tag. Sedan, efter att deras Herre hade försvunnit i horisonten, fortsatte de att titta, tills himlen blev till eld och allt hade kommit till sitt slut. På så sätt tittade de, tills Tanken och Minnet försvann och drömmen stannade av.

Innehåll